楚辭卷第三　集註

天問第三　離騷十三

天問者屈原之所作也屈原放逐彷徨山澤見楚有先王之廟及公卿祠堂圖畫天地山川神靈琦瑋僪佹及古賢聖怪物行事因書其壁何而問之以渫憤懣楚人哀而惜之因共論述故其文義不次序云爾

此篇所問雖或怪妄然其理之可推事之可驗者尚多有之而舊注之說徒以多識異聞爲功不復能知其所以問之本意與今日所以對之明法至唐柳宗元始欲質以義理爲之條對然亦學未聞道而誇多衒巧之意猶有雜乎其間以是讀之常使人不能無遺恨若補注之說則其厖亂不知所擇又愈甚焉今存其不可闕者而悉以義理正之庶讀者之有補云

曰遂古之初誰傳道之上下未形何由考之（遂往也道猶言也上下謂天地也問往古之初未有天地固未有人誰得見之而傳道其事乎）冥昭瞢闇誰能極之馮翼惟像何以識之（瞢莫鄧反闇與暗同又作晻馮皮冰反○冥幽也昭明也謂晝夜也瞢暗言晝夜未分也極窮也馮翼氤氳浮動之貌淮南子云天墜未形馮馮翼翼又曰未有天墜惟象無形窈窈冥冥莫知其門此承上問時未有人今何以能窮極而知之乎○右二章四問今答之曰開闢之初其事雖不可知其

理則具於吾心固可一反求而默識非如傳記雜書謬妄之說必誕者而後傳如柳子之所譏也

明明闇闇惟時何爲陰陽三合何本何化

化叶虎爲反○明闇即謂晝夜之分也時是也穀梁子曰獨陰不生獨陽不生獨天不生三合然後生○此問蓋曰明必有明之者闇必有闇之者是何物之所爲乎陰也陽也天也三者之合何者爲本何者爲化乎今答之曰天地之化陰陽而已一動一靜一晦一明一往一來一寒一暑皆陰陽之所爲而非有爲之者也然穀梁言天而不以地對則所謂天者理而已矣成湯所謂上帝降衷子思所謂天命之性是也是爲陰陽之本而其兩端循環不已者爲之化焉周子曰無極而太極太極動而生陽動極而靜靜而生陰靜極復動一動一靜互爲其根分陰分陽兩儀立焉正謂此也然所謂太極亦曰理而已矣

圜則九重孰營度之惟茲何功孰初作之

圜與圓同度待洛反○圜謂天形之圓也則法也九陽數之極所謂九天也

斡維焉繫天極焉加八柱何當東南何虧

斡一作筦並音管顏師古云俗音烏活反非也焉於虔反篇內並同加叶音基又如字虧如字又叶苦家反○斡說文曰轂端沓則是車轂之內以金爲筦而受軸者也維繫物之縻也天極謂南北極天之樞紐常不動處譬則車之軸也蓋凡物之運者其轂必有所繫然後軸有所加故問此天之斡維繫於何所而天極之軸何所加乎河圖言崑崙者地之中也地下有八柱至相牽制名山大川孔穴相通素問曰天不足西北地不滿東南注云中原地形西北高東南下今百川滿湊東之滄海則東西南北高下可知故又問八柱何所當值東南何獨虧闕乎

九天之際安放安屬隅隈多有誰知其數

放上聲屬

音注數所句反○九天即所謂圜則九重者際邊也放至也屬附也隅角也○右三章六問今答之曰或問乎邵子曰天何依曰依乎地地何附曰附乎天天地何所依附曰自相依附天依形地附氣其形也有涯其氣也無涯詳味此言屈子所問昭然若發矇矣但天之形圓如彈丸朝夜運轉其南北兩端後高前下乃其樞軸不動之處其運轉者亦無形質但如勁風之旋當晝則自左旋而向右向夕則自前降而歸後當夜則自右轉而復左將旦則自後升而趨前旋轉無窮升降不息是為天體而實非有體也地則氣之查滓聚成形質者但以其束於勁風旋轉之中故得以兀然浮空甚久而不墜耳黃帝問於岐伯曰地有憑乎岐伯曰大氣舉之亦謂此也其曰九重則自地之外氣之旋轉益遠益大益清益剛究陽之數而至於九則極清極剛而無復有涯矣豈有營度而造作之者先以斡維繫於一處而後以軸加之以柱承之而後天地乃定位哉且曰其氣無涯則其邊際放屬隅隈多少固無得而言者亦不待辨說而可知其妄矣東南之虧乃專以地形言之初無預乎天也

天何所沓十二焉分

日月安屬列星安敶

沓徒合反分叶數因反屬之欲反○沓合也此問天與地合會於何所十二辰誰所分別乎敶列也言日月衆星安所繫屬誰敶列也○上章所問天何所屬并地而言此所問乃為天地相接之處何所沓也今答之曰天周地外其說已見上矣非沓乎地之上也十二云者自子至亥十二辰也左傳曰日月所會是謂辰注云一歲日月十二會所會為辰十一月辰在星紀十二月辰在元枵之類是也然此特在天之位耳若以地而言之則南面而立其前後左右亦有四方十二辰之位焉但在地之位一定不易而在天之象運轉不停惟天之鶉火加于地之午位乃與地合而得天運之正耳蓋周天三百六十五度

四分度之一周布二十八宿以著天體而定四方之位以天繞地則一晝一夜適周一匝而又超一度日月五星亦隨天以繞地而唯日之行一日一周無餘無欠其餘則各有遲速之差焉然其懸也固非綴屬而居其運也亦非推挽而行但當其氣之盛處精神光耀自然發越而又各自有次第耳列子曰天積氣耳日月星辰亦積氣中之有光曜者張衡靈憲曰星也者體生於地精成於天列居錯峙各有攸屬此言皆得之矣

出自湯谷次于蒙汜自明及晦所行幾里

湯音陽一作暘汜音似上聲○次舍也汜水涯也書云宅嵎夷曰暘谷即湯谷也爾雅云西至日所入爲太蒙即蒙汜也○此問一日之間日行幾里乎答之曰湯谷蒙汜固無其所然日月出乃昇于天及其西下又入于水故其出入似有處所而所行里數曆家以爲周天赤道一百七萬四千里日一晝夜而一周春秋二分晝夜各

行其半而夏長冬短一進一退又各以其什之一焉

夜光何德死則又育厥利維何而顧菟在腹

菟一作兎與兎同○夜光月也死其晦也育生也月之生也○此問月有何德乃能死而復生月有何利而顧望之菟常居其腹乎答曰曆家舊說月朔則去日漸遠故魄死而明生既望則去日漸近故魄生而明死至晦而朔則又遠日而明復生所謂死而復育也此說誤矣若果如此則未望之前西近東遠而始生之明當在月東既望之後東近西遠而未死之明却在月西矣安得未望載魄於西既望終魄于東而遡日以爲明乎故唯近世沈括之說乃爲得之蓋括之言曰月本無光猶一銀丸日耀之乃光耳光之初生日在其傍故光側而所見纔如鉤日漸遠則斜照而光稍滿大抵如一彈丸以粉塗其半側視之則粉處如鉤對視之則正圓也近歲王普又申其說曰月生明之夕但見其一鉤至

日月相望而人處其中方得見其全明必有神人能凌到景旁日月而往參其間則雖弦晦之時亦得見其全明而與望夕無異耳以此觀之則知月光常滿但自人所立處視之有偏有正故見其光有盈有虧非旣死而復生也若顧菟在腹之問則世俗桂樹蛙兔之傳其惑久矣或者以爲日月在天如兩鏡相照而地居其中四旁皆空水也故月中微黑之處乃鏡中大地之影略有形似而非眞有是物也斯言有理足破千古之疑矣

女歧無合夫焉取九子伯強何處惠氣安在

夫音扶強巨良反在叶音紫○女歧神女無夫而生九子伯強大厲疫鬼也所至傷人惠順也惠氣謂和氣也○此章所問三事今答之曰天下之理一而已而有常變之不同天下之氣亦一而已而有逆順之或異夫乾道成男坤道成女疑體於造化之初二氣交感化生萬物流形於造化之後者理之常也若姜嫄簡

狄之生稷契則又不可以先後言矣此理之變也女歧之事無所經見無以考其實然以理之變而觀之則恐其或有是也但此篇下文復有女歧易首之問則又未知其果如何耳釋氏書有九子母之說疑即謂此然益荒無所考矣惠者氣之順也癘者氣之逆也以其強暴傷人故爲之名字以著其惡耳初非實有是人也氣之流行充塞宇宙其爲順逆有以天時水土之所値有以人事物情之所感萬變不同亦未嘗有定在也

何闔而晦何開而明角宿未旦曜靈安藏

闔胡臘反明叶音芒宿音秀藏與藏同○闔閉戶也開闢戶也陰闔而晦陽開而明角亢東方星旦明也曜靈日也○此問何所開闔而爲晦明且東方未明之時日安所藏其精光乎答曰晦明之問前晝發之其實亦陰陽消息之所爲耳陽息而闢則日出而明陰消而闔則日入而暗又何疑乎角宿固爲東方之宿然隨天運轉

不常在東古經之言多假借也日之所出乃地之東方未旦則固已行於地中特未出地面之耳

上不任汩鴻師何以尚之僉曰何憂何不課而行之

汩音骨師一作鯀非是或上句不字上有鯀字尚叶音常曰一作答行叶戶郎反○鯀事見尚書汩治也鴻大水也師衆也尚舉也僉衆也課試也○問鯀才不任治鴻水衆人何以舉之堯知其不能而衆人以爲無憂堯何不且小試之而遽行其說也答曰鯀之才可任治水當時無過之者故衆舉之堯則固知其方命圮族而不可用矣四岳又請姑且試之故堯不得已而用之耳

鴟龜曳銜鯀何聽焉順欲成功帝何刑焉

鴟處脂反聽叶平聲○鴟龜事無所見舊說謂鯀死爲鴟龜所食鯀何以聽而不爭乎特以意言之耳詳其文勢與下文應龍相類似謂鯀聽鴟龜曳銜之計而敗其事然若且順彼之欲未必不能成功舜何以遽刑之乎然若此類無稽之談亦無足答矣

永遏在羽山夫何三年不施伯禹腹鯀夫何以變化

一無山字施叶所加反又如字一作弛腹一作愎筆力反何下一有故字化叶虎瓜反又音麾○永長也遏猶禁止也羽山在東海中施謂刑殺之也左傳曰乃施邢侯此問鯀功不成何但囚之羽山而不施以刑乎禹鯀子也腹懷抱也詩曰出入腹我○此又問禹自少小習見鯀之所爲何以能變化而有聖德乎答曰舜之四罪皆未嘗殺也程子以爲書云殛死猶言貶死耳蓋聖人用刑之寬例如此非獨於鯀爲然也若禹之聖德則其所禀於天者清明而純粹豈習於不善所能變乎

纂就前緒遂成考功何續初繼業而厥謀不同

纂作管反緒音敘○纂集也緒絲耑也○此問禹能纂代鯀之遺業而成父功何繼

續其業而謀乃不同如此乎答曰鮌禹治水之不同事見洪範蓋鮌不順五行之性築堤以障潤下之水故無成禹則順水之性而導之使下故有功書所謂決九州距四海濬畎澮距川孟子所謂禹之行水得水之道而行其所無事是也程子曰今河北有鮌隄而無禹隄亦一證矣

洪泉極深何以窴之地方九則何以墳之泉疑當作淵唐本避諱而改之也窴與塡同則一作州墳叶敷連反一作憤非是○洪泉即洪水九則謂九州之界如上所謂圜則也墳土之高者也○此問洪水汎濫禹何用窴塞而平之九州之域何以出其土而高之乎答曰禹之治水行之而已無事於窴也水既下流則平土自高而可宮可田矣若曰必窴之而后平則是使禹復爲鮌而父子爲戮矣柳子對曰行鴻下隤厥丘乃降烏墳絕淵然後夷于土此言是也

應龍何畫河海何歷一作河海應龍

何畫何歷失韻非是畫音獲歷叶音勒○有鱗曰蛟龍有翼曰應龍歷過也山海經曰禹治水有應龍以尾畫地即水泉流通禹因而治之也柳子對曰胡聖爲不足反謀龍知畚鍤究勤而欺畫厥尾此言得之矣

鮌何所營禹何所成康回憑怒墜何故以東南傾憑皮膺反墜一作地一無以字○鮌禹事已見上六章此不復答舊說康回共工名也憑盛滿也列子曰共工氏與顓頊爭爲帝怒而觸不周之山折天柱絕地維故天傾西北日月星辰就焉地不滿東南百川水潦歸焉此亦無稽之言不答可也

九州安錯川谷何洿東流不溢孰知其故安一作何錯七故反洿音戸舊音烏非是○錯置也洿深也水注海曰川注川曰谿注谿曰谷○此章三問今答之曰九州所錯天地之中也川谷之洿泉流之會也不溢之故則列子曰渤海之東不知幾

億萬里有大壑焉實惟無底之谷名曰歸墟八紘九野之水天漢之流莫不注之而無增無減焉莊子曰天下之水莫大於海萬川歸之不知何時止而不盈尾閭泄之不知何時已而不虛柳子曰東窮歸墟又環西盈脉穴土區而濁濁清清墳壚䗊踈滲渴而升充融有餘泄漏復行器運浟浟又何溢焉三子之言遞相祖述而柳又明歸墟之泄非出之天地之外也但水入於東而復繞於西又滲縮而升乃復出於高原而下流於東耳此其說亦近似矣然以理驗之則天地之化往者消而來者息非以往者之消復爲來者之息也水流東極氣盡而散如沃焦釜無有遺餘故歸墟尾閭亦有沃焦之號非如未盡之水山澤通氣而流注不窮也

東西南北其脩孰多南北順隋其衍幾何

隋一作隋一作墮音妥又徒禾反○脩長也隋狹而長也衍餘也○此問四方長短若何若謂南北狹而長則其長處所餘又計多少也答曰地之形量固當有窮但既非人力所能遍歷筭術所能推知而書傳臆說又不足信唯靈憲所言八極之廣原於歷筭若有据依然非專言地之廣狹也柳對直謂其極無方則又過矣

崑崙縣圃其尻安在增城九重其高幾里

縣音玄一作玄非是尻與居同在見上○崑崙縣圃見騷經崑崙据水經在西域一名阿耨達山河水所出非妄言也但縣圃增城高廣之度諸惟妄說不可信耳

四方之門其誰從焉西北辟啓何氣通焉

辟與闢同一作闢一作開○補注引淮南子說崑崙虛旁門有數其西北隅開門以納不周之風今不敢信

日安不到燭龍何照羲和之未揚若華何光

照叶之告反揚一作陽○舊注以爲天之西北幽冥無日之國有龍銜燭而照之其有日處日未出時又有若

木赤華照地也夫日光彌天其行匝地固無不到之處此章所問尤是兒戲之談不足答也

何所冬暖何所夏寒焉有石林何獸能言答曰南方日近而陽盛故多暖北方日遠而陰盛故多寒今以越之南燕之北觀之已自可驗則愈遠愈偏而有冬暖夏寒之所不足怪矣石林未詳禮曰猩猩能言不離禽獸今南方山中有之

焉有龍虬負熊以遊虬或在龍字上以韻叶之非是○虬見上餘未詳

雄虺九首儵忽焉在何所不死長人何守虺許偉反儵與倏同在叶音紫死一作老此以首叶守以在叶死作老非是○虺蛇屬爾雅云博三寸首大如擘儵忽急疾貌招䰟說南方之害雄虺九首往來儵忽正謂此也不死之人則山海經淮南子婁言之固未可信然俗傳山中有人年老不死子孫藏之雞窠之中者亦或有之不足怪也長人則國語所謂防風氏守封嵎之山者山今在湖州武康縣

靡蓱九衢枲華安居靈蛇吞象厥大何如蓱一作苹枲相里反靈一作一大一作冒○靡蓱未詳何物九衢言其枝九出山海經有四衢五衢之語是也枲麻之有子者山海經云浮山有草其葉如枲又云南海內有巴蛇身長百尋其色青黃赤黑食象三年而出其骨注云南方蚺蛇亦吞鹿消盡乃自絞於樹腹中骨皆穿鱗甲間出亦此類也

黑水玄趾三危安在延年不死壽何所止趾一作沚一作阯在見上○黑水三危皆見禹貢玄趾未詳素問曰眞人壽敝天地無有終時至人益其壽命而強亦歸於眞人聖人形體不敝精神不散亦可以百數

鯪魚何所鬿堆焉處羿焉彃日烏焉解羽鯪音陵一作陵鬿音祈堆多回反彃一作斃說文云彃射也音

畢作彈者字誤也烏柳云當作鳥○鯪魚鯉也
一云陵鯉也有四足形似鼉而短小出南方山
海經曰西海中近列姑射山有陵魚人面人手
魚身見則風濤起北號山有鳥狀如雞而白首
鼠足名曰鬿雀食人彈射也淮南言堯時十日
並出草木焦枯堯命羿仰射十日中其九日日
中九烏皆死墮其羽翼故留其一日也春秋元
命苞三足烏者陽精也柳云山海經曰大澤方
千里羣鳥之所生及所解穆天子傳曰北至曠
原之野飛鳥之所解其羽舊說非是按今唯陵
鯉人所共識其餘則有無不可知而彈日之說
尤怪妄不足辨解羽如柳說則別是一事然如
舊說爲日中之烏而借解羽二字
以問於義亦通顧亦無足辨耳

禹之力獻功

降省下土方 句絶 **焉得彼嵞山女而通之于台桑**

功叶音光土下或有四字洪云或并無四方二
字今按下土方蓋用商頌語四字之衍明甚然

若并無二字則又無韻矣焉一作安一之字在
山字下嵞一作涂音塗○此問禹以勤力獻進
其功堯因使省下土四方當此之時焉得彼嵞
山氏之女而通夫婦之道於台桑之地乎書曰
娶于塗山辛壬癸甲塗山在壽春東北濠州也
呂氏春秋曰禹娶塗山氏女不以私害公自辛
至甲四日
復往治水

閔妃匹合厥身是繼胡爲嗜不同味

而快鼂飽

一本嗜下有欲字一本快下有一字
一本爲作維不作欲鼂一作晁一作
朝並直驕反飽與繼叶疑有備音○閔憂也言
禹所以憂無妃匹者欲爲身立繼嗣也下二句
未詳

啓代益作后卒然離蠥何啓惟憂而能拘是

達

蠥一作孽一作孼並魚列反○益禹賢臣也
作爲也后君也離遭也蠥憂也舊說禹以天
下禪益天下皆去益而歸啓是代益作后也於
是有扈不服啓遂與之大戰于甘故曰離蠥問

啓何以能思惟所憂而能代益伐亳以達拘執之嫌乎舊說如此未是知否不敢荅也
皆歸䠶鞫而無害厥躬何后益作革而禹播降䠶一
作射鞫一作鞠音菊降叶胡攻反○此章之義未詳
啓棘賓商九辯九歌歌叶巨依反地叶音低一作墜○棘賓商
何勤子屠母而死分竟地
未詳九辯九歌已見騷經鞫疑棘當作夢商當作天以篆文相似而誤也蓋其意本謂啓夢上
賓於天而得帝樂以歸如列子史記所言周穆王秦穆公趙簡子夢之帝所而聞鈞天廣樂九
奏萬舞之類耳屠母疑亦謂淮南所說禹治水時自化爲熊以通轘轅之道塗山氏見之而慙
遂化爲石時方孕啓禹曰歸我子於是石破北方而啓生其石在嵩山見漢書注竟地即化石
也此皆恠妄不足論但恐文義當如此耳
帝降夷羿革孽夏民胡䠶

夫河伯而妻彼雒嬪胡下一有羿字非是䠶一作射食亦反下同妻七計
反○帝天帝也夷羿諸侯弑夏后相者也革更也孽憂也言變更夏道爲萬民憂患傳曰河伯
化爲白龍遊於水旁羿見䠶之眇其左目羿又夢與雒水神宓妃交亦妄言也
馮珧利決封豨是䠶何獻蒸肉之膏而后帝不若馮音憑珧
音遙豨虛豈反䠶叶時若反蒸一作烝○馮滿也言引滿也珧弓名也爾雅弓以蜃者謂之珧
珧蜃甲也射禮有決注云決猶闓也以象骨爲之著右大擘指以鉤弦闓體也后帝天帝也若
順也言羿獵射封豨以其肉膏祭天帝天帝猶不順羿之所爲也柳子對曰夸夫快殺鼎豨以
慮飽馨膏腴帝叛德恣力胡肥台舌喉而濫厥福
浞娶純狐眩妻爰謀
何羿之䠶革而交吞揆之浞仕角反謀叶謨悲反一無革字○寒浞

見騷經眩惑也爰於也言浞娶於純狐氏女眩惑愛之遂與浞謀殺羿也䠶革禮所謂貫革之
䠶左傳所謂蹲甲而射之徹七札焉者言有力也吞滅也揆謀度也言何羿之射藝勇力而其
衆乃交進而吞謀之乎此即騷經所謂淫遊佚畋而亂流鮮終者也

阻窮西征巖何越焉化爲黃熊巫何活焉

化下一有而字○此章似又言鯀事

然羽山東裔而此云西征已不可曉或謂越巖墮死亦無明文左傳言鯀化爲黃熊國語作黃
能按能獸名能三足鼈也說者曰獸非入水之物故是鼈也說文又云能熊屬足似鹿蓋不可
曉或云東海人祭禹廟不用熊白及鼈爲膳豈鯀化爲二物乎

咸播秬黍莆雚是營何由并投而鯀疾脩盈

秬音巨莆一作黃雚音丸一作藿○

秬黍黑黍也說文黍禾屬而黏也莆疑即蒲字蒲水草可以作席雚亂也與萑同左氏云萑符

之澤是也餘未詳

白蜺嬰茀胡爲此堂安得夫良藥不能固臧天式從橫陽離爰死大鳥何鳴夫焉喪厥體

茀音拂得下一有失字從即容反喪息浪反○舊注引列仙傳云崔文子學仙於王
子僑子僑化爲白蜺而嬰茀持藥與之文子驚怪引戈擊蜺因墮其藥俯而視之子僑之尸也
須臾化爲大鳥飛鳴而去事極鄙妄不足復論

蓱號起雨何以興之撰體脅鹿何以膺之

蓱一作苹一作萍音瓶號胡刀反撰雛免反脅虛業反體
下一有協字而鹿字屬下句又無以字一作何鹿以膺之○舊說蓱萍翳雨師名也號呼也興
起也又言天撰十二神鹿一身八足兩頭獨何膺受此形體乎此章大抵荒誕無說今亦不論

鼇戴山抃何以安之釋舟陵行何以遷之

鼇音敖戴

一作載抃音卞一作拚安叶一先反○鼇大龜也擊手曰抃舊注引列仙傳曰有巨靈之龜背
負蓬萊之山而抃舞事亦見列子下二句未詳**惟澆在戶何求于嫂何**
少康逐犬而顛隕厥首女歧縫裳而館同爰止
何顛易厥首而親以逢殆澆五吊反嫂叶音叟易上一有隕字殆叶
當以反上一有天字一有大字○澆浞之子也舊說澆無義淫泆其嫂往至其戶佯有所求因
與淫亂夏少康因田獵放犬逐獸遂襲殺澆而斷其頭顛倒也隕墜也女歧澆嫂也言女歧與
澆淫泆爲之縫裳於是共舍而宿止少康夜襲得女歧頭以爲澆因斷之故言易首不知何据
湯謀易旅何以厚之覆舟斟尋何道取之斟職深反
取此苟反○湯與上句過澆下句斟尋事不相涉疑本康字之誤謂少康也斟尋國名也杜預

云斟灌斟尋夏同姓諸侯相失國依於二斟爲澆所滅其子少康爲虞庖正有田一成有衆一
旅遂滅過澆祀夏配天不失舊物也旅謂一旅五百人也覆舟言夏后相已傾覆於斟尋之國
今少康以何道而能復取澆乎**桀伐蒙山何所得焉妹嬉何肆**
湯何殛焉得叶徒力反妹音末一作末嬉音喜一作喜殛一作極○桀伐蒙山之國
而得妹嬉因此肆其情意故爲湯所殛放之南巢也**舜閔在家父何以鱞**
堯不姚告二女何親鱞古頑反叶音矜○閔憂也無妻曰鱞姚舜姓也問
舜孝如此父何以不爲娶乎堯妻舜而不告其父母二女何自而與之相親乎程子曰舜不告
而娶固不可堯命瞽使舜娶舜雖不告堯固告之矣堯之告也以君治之而已**厥萌在**
初何所意焉璜臺十成誰所極焉意古億字亦作億璜音黃

○億度也論語曰億則屢中璜美玉也成重也
言賢者預見萌牙之端而知其存亡非虛億也
紂作象箸而箕子歎預知象箸必有玉杯玉杯
必盛熊蹯豹胎如此必崇廣宮室紂果作玉臺
十重糟丘酒池以至於亡也**登立爲帝孰道尚之女媧有體**
孰制匠之媧古華反匠一作匹非是○舊說伏羲始畫八卦脩行道德萬民登以爲
帝誰開導而尊尚之乎傳言女媧人頭蛇身一
日七十化其體如此誰所制匠而圖之乎上句
無伏羲字不可知下句則惟甚而不足論矣**舜服厥弟終然爲害何**
肆犬豕而厥身不危敗一作何得肆其犬豕一作體○服事也言舜
弟象施行無道舜猶服而事之然象終欲害舜
肆其犬豕之心燒廩寘井然舜爲天子卒不誅
象何耶說見下眩弟章**吳獲迄古南嶽是止孰期去斯得**

两男子迄許訖反去一作夫○此章未詳舊注以两男子爲太伯虞仲未知是否**緣**
鵠飾玉后帝是饗何承謀夏桀終以滅喪一無夏字
喪去聲一作亡○后帝謂殷湯也言伊尹始仕
因緣烹鵠鳥之羹脩玉鼎以事湯湯賢之遂以
爲相承用其謀而伐夏桀終以滅桀也此即孟
子所辨割烹要湯之說蓋戰國遊士謬妄之言
也**帝乃降觀下逢伊摯何條放致罰而黎服大**
說乃一作力一作之力摯如字即說叶稅摯音哲即說音悅○帝謂湯也摯伊尹名也條鳴
條也黎衆也言湯觀風俗而逢伊尹遂用其謀
伐桀於鳴條而放之南巢天下衆民大喜悅也
致罰即湯誥所謂致天之罰也**簡狄在臺嚳何宜玄鳥致貽女**
何喜臺叶徒其反臺下或有帝字嚳苦篤反貽一作詒喜叶音嬉一作嘉音基一作善非

是○簡狄帝嚳之妃也玄鳥燕也貽遺也言簡
狄侍帝嚳於臺上有飛燕墮遺其卵喜而吞之
因生契也事見商頌說見上女岐章
該秉季德厥父是臧胡終弊于有扈牧夫牛羊
此章未詳諸說亦異補曰言啓兼秉禹之末德而禹善之
授以天下有扈以堯舜與賢禹獨與子故伐啓
啓伐滅之有扈遂爲牧豎也詳此該字恐是啓
字字形相似也但牧夫牛羊未有据而其文勢似啓反爲扈所弊不可考也
干協時舞何以懷之平脅曼膚何以肥之
懷叶胡威反平脅一作受
平曼音萬○干盾也協合也時是也言舜以干
羽合是舞于兩階何以懷有苗而格之也下句
未詳舊說云平脅曼膚肥澤之貌言紂爲無道
天下乖離當懷憂癯瘦何反肥盛若此乎二事
不相似時相去又遠未知其果然否
有扈牧豎云何而逢擊牀先出其命何從
豎臣庾反命何一作何所○豎童僕之未冠者舊說有扈氏本牧豎
之人耳因何逢遇而得爲諸侯乎啓攻有扈之
時親於其牀上擊而殺之其命何所從出乎此
亦無所据而牧豎之說又與上章相表裏未詳其說
恒秉季德焉得夫朴牛何往營班祿不但還來
朴匹角反一云平豆反無樸音牛叶魚奇
反來叶力之反○舊說朴大也言湯常能秉持
契之末德出獵而得大牛之瑞其往獵也不但
驅馳往來而已還輒以所獲得禽獸徧施祿惠
於百姓也此篇言秉季德者再而其說不同如
此蓋本文已不可考而說者又妄解也
昏微遵迹有狄不寧何繁鳥萃棘負子肆情
遵一作循有一作佚○舊說人循闇微之道爲戎狄之行
者不可以安其身謂晉大夫解居父聘吳過陳
之墓門見婦人負其子欲與之淫泆婦人則引

詩刺之曰墓門有棘有鴞萃止言雖無人棘上猶有鴞汝獨不愧也今詳其說上二句迂曲難解下事亦無所据補引列女傳陳辯女事又無負子肆情之意要皆不足論也

眩弟並淫危害厥兄何變化以作詐而後嗣逢長

害一作虞兄叶虛良反而一在嗣字下○眩弟惑亂之弟也問何象欲殺舜變化作詐而舜為天子反封象於有庳使其後嗣子孫長為諸侯乎孟子云仁人之於弟不藏怒不宿怨封之有庳富貴之也知此則知其說矣

成湯東巡有莘爰極何乞彼小臣而吉妃是得

莘所巾反得叶徒力反○有莘國名極至也小臣謂伊尹也言湯東巡至於有莘乞匄伊尹因得吉善之妃以為內輔也史記曰阿衡欲干湯而無由乃為有莘氏媵臣謂此也然以孟子觀之則為此說者妄矣

水濱之木得彼小子夫何

惡之媵有莘之婦

一無彼字惡烏路反婦叶芳尾反○舊說小子謂伊尹媵送也言伊尹母姙身夢神女告之曰臼竈生鼃亟去無顧居無幾何臼竈中生鼃母去東走顧視其邑盡為大水母因溺死化為空桑之木水乾之後有小兒啼水涯人取養之既長大有殊才有莘惡其從木中出因以送女謬妄甚明不必辯也

湯出重泉夫何辠尤不勝心伐帝夫誰使挑之

辠古罪字尤叶于其反挑徒了反○重泉地名在馮翊郡史記所謂夏臺也言桀拘湯於此而復出之湯既得出遂不勝衆人之心而以伐桀是誰使桀先拘湯以挑之乎

會鼂爭盟何踐吾期蒼鳥羣飛孰使萃之

會鼂爭盟一作會晁請盟音巳見上蒼一作倉○舊說武王將伐紂紂使膠鬲視武王師膠鬲問曰欲以何日至殷武王曰以甲子日膠鬲還報紂會天大雨

道難行武王晝夜行或諫曰雨甚軍士苦之請且休息武王曰吾許膠鬲以甲子日至殷今報紂矣吾甲子日不到紂必殺之吾故不敢休息欲救賢者之死也遂以甲子日朝誅紂不失期也下二句不可曉注云蒼鳥鷹也言將帥勇猛如鷹鳥羣飛惟武王能聚之詩曰惟師尚父時惟鷹揚是也未知是否

列擊紂躬叔旦不嘉何親揆發定周之命以咨嗟授殷天下其位安施反成乃亡其罪伊何

列一作到非是躬一作射非是一無何字定一作足屬上句非是一無之以二字施叶所加反若如字即下何叶音奚反一作及○叔旦武王弟周公也嘉善也揆度也猶言帝度其心發武王名史記言武王至紂死所射之三發以黃鉞斬其頭懸之大白之旗此所謂列擊紂躬也然未見周公不喜與其咨嗟以揆武王使定周命之事蓋當時猶有其傳而

今失之也此問周公既不喜列擊紂躬何爲又教武王使定周命乎蓋周公但不喜親斬紂頭之事耳固未嘗不欲定周之命而王天下以傳子孫也後四句不可曉似謂天既授殷以天下而令云之使其位何所施耶蓋唯反其所以成者是以至於滅亡而其爲罪果何事耶但語意太簡未有以見其必然耳

爭遣伐器何以行之並驅擊翼何以將之

行叶戶郎反○爭遣伐器謂泰誓言羣后以師畢會也並驅擊翼謂六韜曰翼其兩旁疾擊其後言武王之軍人人樂戰並驅而進之也問此二者何以使其然耶

昭后成遊南土爰底厥利惟何逢彼白雉

底音止○昭后成王孫昭王瑕也成猶遂也底至也昭王南遊至楚楚人鑿其船而沈之遂不還也扗預云昭王南巡守涉漢船壞而溺二說不同未知孰是白雉事無所見舊注謂周公時越裳氏嘗獻之昭王

德不能致而欲親往迎之亦恐未必然也逸注 **穆王巧挴夫何周流環**
理天下夫何索求 挴莫改反字从手或从木或从王者皆非也周上一有爲字○方言云挴貪也晋生所謂品庶每生是也巧挴言巧於貪求也史記曰周穆王得驥温驪驊騮騄耳之駟西巡狩樂而忘歸徐偃王作亂造父爲穆王御長驅歸周以救亂環旋也左傳云穆王欲肆其心周行天下將必有車轍馬迹焉祭公謀父作祈招之詩以止王心王是以獲没於祇宮 **妖夫曳衒何號于市周幽誰誅焉得夫褒**
姒 衒熒絹反○褒姒周幽王之嬖妾也昔夏后氏之衰也有二龍止於夏庭而言曰余褒之二君也夏后布幣糈而告之龍亡而漦在櫝而藏之傳三代莫敢發至厲王之末發而觀之漦流于庭化爲玄黿入王後宮後宮處妾遇之而孕無夫而生女懼而弃之先時有童謡曰檿弧箕服寔亡周國後有夫婦相牽引行賣是器於市者以爲妖惟執而戮之夜得王去聞所弃女啼聲哀而收之遂奔褒褒人後有罪乃入此女以贖罪是爲褒姒幽王惑而愛之爲廢申后及太子宜臼而立以爲后遂爲申侯犬戎所殺也 **天命反側何罰何佑齊**
桓九合卒然身殺 佑叶于忌反合一作會殺音弑一作弑○反側言無常也九糾通用卒終也齊桓公任管仲九合諸侯一正天下任竪刁易牙諸子相攻死不得斂虫流出戸與見殺無異一人之身一善一惡天命反側罰佑不常皆其所自取也 **彼王紂**
之躬孰使亂惑何惡輔弼讒諂是服 諂一作讇服叶蒲北反○惑紂者内則妲己外則飛廉惡來之徒也服事也言紂憎輔弼不用忠直之言而專用讒諂之人也 **比干何逆而抑沈之雷開何順而賜封之**

何一作巧非是封叶孚音反之一作金〇此言紂之惡輔弼而用讒諂也比干紂諸父也諫紂紂怒乃殺之而剖其心雷開佞人也阿順於紂乃賜之金玉而封爵之也

何聖人之一德卒其異方梅伯受醢箕子詳狂

梅音浼詳音佯一作佯〇方術也梅伯紂諸侯也忠直而數諫紂紂怒乃殺之葅醢其身箕子見之欲去不忍遂被髮詳狂而爲奴二人德同而術異也

稷維元子帝何竺之投之于冰上鳥何燠之

竺一作篤燠音郁一作燠非是一無句下二之字〇元大也稷帝嚳之子弃也帝即嚳也竺義未詳或曰厚也或曰篤也皆未安稷事見詩大雅及史記后稷名弃其母有邰氏女曰姜嫄爲帝嚳元妃出野見巨人跡說而踐之遂身動如孕者居期而生子姜嫄以無父而生弃之於冰上有鳥以翼覆薦溫之以爲神乃取而養之詩曰先生如達是首生之子也故曰元子既是元子則帝當愛之矣何爲而竺之耶弃之冰上則人惡之矣鳥何爲而燠之耶以此言之則竺字當爲天祝予之祝或爲天天是椓之椓以聲近而訛耳

何馮弓挾矢殊能將之既驚帝切激何逢長之

一挾作接驚一作敬切一作功〇馮引弓持滿也其它文多不可曉注以爲后稷補以爲武王未知孰是今姑闕之

伯昌號衰秉鞭作牧何令徹彼岐社命有殷國

号一作號〇伯昌謂周文王始爲西伯而名昌也号衰号令於殷世衰微之際也秉鞭策牧者之事也言服事殷而爲之執鞭以作六州之牧也徹通也岐社太王所立岐周之社也武王既有邦國遂通岐周之社於天下以爲太社猶漢初令民立漢社稷也

遷藏就岐何能依殷有惑婦何所譏

言太王始與百姓徙其寶藏來

就岐下問何能使其民依倚而隨之惑婦謂妲己也問有何事可譏乎受賜茲醢西伯上告何親就上帝罰殷之命以不救告叶古后反帝下一有之字○西伯文王也言紂醢梅伯以賜諸侯文王受之以祭告語於上帝帝乃親致紂之罪罰故殷之命不可復救也師望在肆昌何識鼓刀揚聲后何喜識與志同喜叶許寄反○師望太師呂望謂太公也昌文王也言太公在市肆而屠文王何以識知之乎后亦謂文王也呂望鼓刀在列肆文王親往問之呂望對曰下屠屠牛上屠屠國文王喜載與俱歸此問何但聞其鼓刀之聲而親往問之乎然此與獵於渭濱而得太公之說不同蓋當時好事者之言猶伊尹負鼎百里自鬻之比惜乎孟子時無問者不得并揞擊之也然則其問亦不足答矣武發殺殷何所悒載尸集戰何所急悒音邑○言武王發欲誅殷紂何所悁悒而不能久忍遂載文王之柩於軍中以會戰何所急而然也此亦當時傳聞之語故爲伯夷扣馬之詞亦有父死不葬之云與此皆誤也伯林雉經維其何故何感天抑墬夫誰畏懼一無何字墬已見上○舊注以此爲晉太子申生之事未知是否皇天集命惟何戒之受禮天下又使至代之言皇天集禄命以與王者何不常有以戒之而使至於危亡乎王者既受天之禮命而王天下天又何爲使他姓代之乎其警戒之意至深切矣初湯臣摯後茲承輔何卒官湯尊食宗緒卒一作萃○言湯初舉伊尹以爲凡臣耳後知其賢乃以備疑丞輔翼也官如官卿之適之官言終使湯爲天子尊其先祖以王者禮樂祭祀緒業流於子孫也勳闔夢

生少離散亡何壯武厲能流厥嚴嚴叶五郎反詩殷武篇有此例○勳功也闔吳王闔廬也夢闔廬祖父壽夢壽夢卒太子諸樊立諸樊卒傳弟餘祭餘祭卒傳弟夷末夷末卒當傳弟札札不受夷末之子王僚立闔廬諸樊之長子次不得為王少離散亡放在外乃使專諸刺王僚代為吳王以伍子胥為將破楚入郢是能壯其猛厲勇武而流其威也

彭鏗斟雉帝何饗受壽永多夫何長饗叶虛良反長上一有久字○彭鏗彭祖也舊說鏗好和滋味進雉羹于堯堯饗之而錫以壽考至八百歲莊子以為上及有虞下及五伯是也但此本謂上帝已為妄說而舊注以為堯又妄之尤也

中央共牧后何怒蠭蛾微命力何固牧一作收一作枚蠭音峯一作逢蠭一作螽非是蛾古蟻字一作蟻○此章之義未詳當闕

驚女采薇鹿

何祐北至回水萃何喜祐叶于忌反○此章未詳亦當闕

兄有噬犬弟何欲易之以百兩卒無祿噬音筮兩音亮○舊云以此為秦公子鍼之事然與左傳不同未知是否

薄暮雷電歸何憂厥嚴不奉帝何求此下皆不可曉今闕其義

伏匿穴處爰何云荆勳作師夫何長長下一有先字非是自此至篇終皆隔句叶韻

悟過改更我又何言吳光爭國久余是勝悟一作寤更音庚一無我字非是言叶音銀勝叶音商○吳光即闔閭也

何環穿自閭社丘陵爰出子文環穿自閭社丘陵七字一作環閭穿社以及丘陵是淫是蕩十二字○子文楚令尹鬬穀於菟也左傳曰若敖娶於䢵生鬬伯比若敖卒從其母畜於䢵淫於䢵子之女生穀

於莬實爲令尹子文夫子稱其忠事見論語他則不可曉矣

吾告堵敖以不長（楚人謂未成君而死者曰敖堵敖者楚文王子成王兄也）何試上自予忠名彌彰（試一作識予音與一作與彰一作章）

楚辭卷第三

楚辭卷第四　　集註

九章第四　　離騷十四至二十二

九章者屈原之所作也屈原既放思君念國隨事感觸輙形於聲後人輯之得其九章合爲一卷非必出於一時之言也今考其詞大氐多直致無潤色而惜往日悲回風又其臨絶之音以故顛倒重複倔強踈鹵尤憤懣而極悲哀讀之使人太息流涕而不能已董子有言爲人君者不可以不知春秋前有讒而不見後有賊而不知嗚呼豈獨春秋也哉

惜誦以致愍兮發憤以抒情所非忠而言之兮指蒼天以爲正愍音敏一作慜非是抒从手上與又呂二反一作紓亦通非一作作忠下一有心字皆非是正叶音征○惜者愛而有忍之意誦言也致極也愍憂也憤懣也抒挹而出之也所者誓詞猶所謂所不與舅氏同心所不與崔慶者之類也蒼天之色也正平也猶言有如白水有如上帝之類也言始者愛惜其言忍而不發以致極其憂愍之心至於不得已而後發憤懣以抒其情則又從而誓之曰所我之言有非出於中心而敢言之於口則願蒼天平己之罪而降之罰也

令五帝以折中兮戒六神與嚮

服俾山川以備御兮命咎繇使聽直令音零折从手之舌
反一作析非是中陟仲反與一作以服叶蒲北
反命一作會使一作以〇此皆指天自誓之詞
欲使上天命此衆神察其是非若曰司謹司盟
名山大川羣神羣祀先王先公也五帝五方之
帝以五色爲號者太一之佐也折中謂事理有
不同者執其兩端而折其中若史記所謂六藝
折中於夫子是也六神日月星水旱四時寒暑
也嚮對也服服罪之詞書所謂五刑有服者也
山川名山大川之神也御侍也咎繇舜士
師能明五刑者也聽直聽其詞之曲直也竭忠
誠而事君兮反離羣而贅肬忘儇媚以背衆兮
待明君其知之君兮之間一有子字非是贅之芮反肬音尤一作尤叶于其反
儇許緣反背音佩一無明字一無君字皆非是
〇贅肬肉外之餘肉莊子所謂附贅懸肬者是

也儇輕利也媚柔佞也言盡忠以事君反爲不
盡忠者所擯弃視之如肉外之餘肉然吾寧忘
儇媚之態以與衆違其所恃者獨待明君之知耳言與行其可迹兮情
與皃其不變故相臣莫若君兮所以證之不遠
行下孟反相息亮反之下一有而字非是〇言
人臣之言行既可蹤跡內情外皃又難變匿而
人君日以其身親與之接宜其最能察夫忠邪
之辯蓋其所以驗之不在於遠也左傳曰知子
莫若父知臣莫若君此之謂也吾誼先君而後身兮羌衆人之
所仇也專惟君而無他兮又衆兆之所讎也羌下
一有然字非是一無二也字兆一作人〇誼與
義同怨耦曰仇惟思念也百萬曰兆讎謂怨之
當報者壹心而不豫兮羌不可保也疾親君而無

他兮有招禍之道也疾一作病非是○不豫言果決不猶豫也不可保言君若不察則必爲衆人所害也疾猶力也與上文專惟君之語同力於親君而無私交固招禍之理也思君其莫我忠兮忽忘身之賤貧事君而不貳兮迷不知寵之門忠一作知而一作其門叶彌貧反○言我思君意常謂羣臣莫有忠於我者則是貴近之臣皆不能致其身矣故忘己之賤貧而欲自進以効其忠然其進也亦但知盡心以事君而已固不懷貳以求寵也是以視衆人之遇寵而心若迷惑不知其所從入之門也忠何辜以遇罰兮亦非余之所志也行不羣以巔越兮又衆兆之所咍也辜一作罪以一作作而余一作吾志叶音之一無二也字行下孟反咍呼來反叶呼其反○咍嗤笑楚語也言無

罪故遂本非臣子夙心所期望但以行不羣而至此遂爲衆所笑耳紛逢尤以離謗兮謇不可釋也情沈抑而不達兮又莫之白也白叶音弼一無二也字○紛亂皃尤過也謇詞也釋解也沈没也抑按也白明辯也心鬱邑余侘傺兮又莫察余之中情固煩言不可結而詒兮願陳志而無路心一作抱侘傺音義並已見騷經中情以韻叶之當作善惡而惡字又當从去聲讀由騷經一句差互故此亦因之耳固一作故結下一無而字詒音怡○煩言謂煩亂之言左傳曰嘖有煩言是也騷經曰解佩纕以結言思美人曰言不可結而詒疑古者以言寄意於人必以物結而致之如結繩之爲也退靜默而莫余知兮進號呼又莫余聞申侘傺之煩

惑兮中悶瞀之忳忳號音豪中一作心一心上別有中字瞀音茂忳徒昆反○號大呼也申重也悶煩也瞀亂也忳忳憂皃

昔余夢登天兮魂中道而無杭吾使厲神占之兮曰有志極而無旁杭一作航○杭方兩舟而並濟也通作航厲神蓋殤鬼也左傳晉侯夢大厲祭法有泰厲公厲族厲主殺伐之神也旁輔也言夢登天而無航者其占爲但有心志勞極而無輔助也

終危獨以離異兮曰君可思而不可恃故衆口其鑠金兮初若是而逢殆鑠書藥反殆叶徒係反○終危獨以離異果如始者占夢者之言也君可思者臣子之義也不可恃者其明暗賢否所遇有不同也衆口鑠金美金見毁衆共疑之數被燒煉以至銷鑠也殆危也言初以君爲可恃故被衆毁而遭危殆也

懲熱羹而吹韲兮何不變此志也欲釋階而登天兮猶有曩之態也懲熱羹一本熱作於而羹下有者字一本有於熱者皆非是一作懲熱於羹而無者字亦通韲一作齏並音齋此下一有之字一無二也字態叶音替○韲凡醯醬所和細切爲韲或曰擣薑蒜辛物爲之者也階梯也蓋羹熱而韲冷有人歠羹而太熱其心懲忿後見冷韲猶恐其熱而吹之以喻常情旣以忠直得罪即痛自懲忿過爲阿曲而我今尚欲釋階而登天則是不自懲忿而猶有前日忠直之意也

衆駭遽以離心兮又何以爲此伴也同極而異路兮又何以爲此援也一無衆字援于願反一無二也字○伴侶也極至也援引也言衆人見已所爲皆驚駭遑遽以離心則無與己爲侶者矣與衆人同事一君而其志不同則如同欲

至於一歟而各行一路誰可與相援引而俱進者耶晉申生之孝子兮父信讒而不好行婞直而不豫兮鮌功用而不就好呼報反叶呼關反○申生事見左傳禮記鮌事見騷經天問篇不豫見上吾聞作忠以造怨兮忽謂之過言九折臂而成醫兮吾至今乃知其信然成一作爲爲下有良字一無至字一無信字○忽者易而畧之之意人九折臂更歷方藥乃成良醫故吾於今乃知作忠造怨之語爲誠然也左傳曰三折肱爲良醫亦此意也矰弋機而在上兮罻羅張而在下設張辟以娛君兮願側身而無所矰則僧反弋一作雉罻音尉下叶音戶辟毗亦反又音臂○矰繳射鳥短矢也弋繳射也機張機以待發也罻羅捕鳥網

也辟開也與闢同或云謂弩臂也言讒賊之人陰設機械張布罔闢傷害君之所惡以悅君意使人憂懼雖欲側身以避之而猶恐無其處也欲儃佪以干傺兮恐重患而離尤欲高飛而遠集兮君罔謂女何之儃知然反恐丘用反重儲用反○儃佪不進皃干傺謂求住也重增益也離遭也集鳥飛而下止也謂遠逝也如此則又恐君得無謂女欲去我而何往乎欲橫奔而失路兮蓋堅志而不忍背膺牉以交痛兮心鬱結而紆軫一無蓋字堅志一作志堅背音貝牉音判下一有合字膺下一有數字結一作約○橫奔失路妄行違道之譬也膺胷也牉半分也禮傳曰夫妻牉合也言欲妄行違道則吾志已堅而不忍爲通上章三者皆不可爲則背胷一體而中分之其交爲痛楚有不可言者矣檮木

蘭以矯蕙兮糳申椒以爲糧播江離與滋菊兮願春日以爲糗芳擣音禱矯一作撟糳即各反○擣舂也矯猶糅也糳精細米也播種也滋見騷經糗糒也乾飯屑也春日新蔬未可食即且以此爲糗而又不忘其芳香言不變其素守也恐情質之不信兮故重著以自明撟茲媚以私處兮願曾思而遠身質音致一作志重直用反撟居表反曾音增明叶音芒思去聲身叶音商○質猶交質之質撟舉也媚愛也謂所愛之道所守之節也私處猶曰自娛也曾重也曾思所以慮微遠身所以避害

惜誦此篇全用賦體無它寄託其言明切最爲易曉而其言作忠造怨遭讒畏罪之意曲盡彼此之情狀爲君臣者皆不可以不察

余幼好此奇服兮年既老而不衰帶長鋏之陸離兮冠切雲之崔嵬鋏古挾反冠去聲崔音摧嵬一作巍並五回反○奇服奇偉之服以喻高潔之行冠劒被服皆是也衰懈也鋏劒把或曰刀身劒鋒也長鋏見史記切雲當時高冠之名被明月兮珮寶璐世溷濁而莫余知兮吾方高馳而不顧駕青虬兮驂白螭吾與重華遊兮瑤之圃璐音路知下一無兮字顧下一有兮字皆非是虬螭音義皆已見前篇圃叶去聲○在背曰被明月珠名以其夜光有似明月故以爲名璐美玉名乘靈物從聖帝遊寶所皆見其志行之高遠登崑崙兮食玉英吾與天地兮比壽與日月兮齊光哀南夷之莫吾知兮旦

余將濟乎江湘英叶於姜反比齊一皆作同一無將字乎一作於○登崑崙言所至之高食玉英言所養之潔南夷謂楚國也乘鄂渚而反顧兮欸秋冬之緒風步余馬兮山皋邸余車兮方林欸音哀風叶孚金反邸丁禮反一作低○鄂渚地名今鄂州也欸歎也方言云南楚謂然爲欸史漢亞父曰唉及唐人欸乃皆此字也邸至也一作低者說見招魂軒輬既低下方林地名一作乘舲船余上沅兮齊吳榜而擊汰船容與而不進兮淹回水而凝滯舲音零一作柃上時掌反榜北孟反又音謗汰音泰凝一作疑滯叶丑亦反○舲船船有窻牖者或曰小船也上謂泝流而上也齊同時並舉也吳謂吳國榜櫂也蓋效吳人所爲之櫂如云越舲蜀艇也汰水波也船不進而凝滯留落之意亦戀故都也

朝發枉陼兮夕宿辰陽苟余心之端直兮雖僻遠其何傷陼一作渚之一作其僻一作辟其一作之○枉陼辰陽皆地名水經云沅水東逕辰陽縣東南合辰水沅水又東歷小灣謂之枉陼入漵浦余儃佪兮迷不知吾所如深林杳以冥冥兮乃猨狖之所居漵徐呂反儃佪一作邅廻吾下一有之字杳下一有複出杳字一作晦冥冥一作冥寞一無乃字晦字以下皆非是猨狖見前篇○漵浦亦地名山峻高以蔽日兮下幽晦以多雨霰雪紛其無垠兮雲霏霏其承宇高下以一作而垠音銀○霰雨凍如珠將爲雪者也宇屋簷也哀吾生之無樂兮幽獨處乎山中吾不能變心以從俗兮固

將愁苦而終窮樂音洛接輿髡首兮桑扈臝行忠
不必用兮賢不必以伍子逢殃兮比干菹醢髡音
坤臝一作裸並力果反醢叶呼彼反○接輿楚狂也被髮佯狂後乃自髡桑扈即莊子所謂子
桑戶臝行謂赤體而行也或疑論語所謂子桑伯子亦是此人蓋夫子稱其簡家語又云伯子
不衣冠而處夫子譏其欲同人道於牛馬即此臝行之證也以亦用也伍子吳相伍員子胥也
諫夫差令伐越不聽被殺盛以鴟夷而浮之江事見左傳史記比干事見騷經天問與前
世而皆然兮吾又何怨乎今之人余將董道而
不豫兮固將重昏而終身董正也不豫見惜誦重昏重複暗昧終不
復見光明也亂曰鸞鳥鳳皇日以遠兮燕雀烏鵲巢

堂壇兮壇式衍反○比也言仁賢遠去而讒佞見親也露申辛夷死林
薄兮腥臊並御芳不得薄兮臊音騷得薄之薄音博○比也露申
未詳叢木曰林草木交錯曰薄腥臊臭惡也御用也薄附也言汚賤進而芳潔不容也陰
陽易位時不當兮懷信侘傺忽乎吾將行兮一無
忽字非是行叶戶郎反○比而賦也陰謂小人陽謂君子將行謂將遠去也

涉江此篇多以余吾並稱詳其文意余平而吾倨也

皇天之不純命兮何百姓之震愆民離散而相
失兮方仲春而東遷純不雜而有常也震動也愆過也仲春二月陰陽之
中冲和之氣人民和樂之時也屈原被放時適會凶荒人民離散而原亦在行中閔其流離因

以自傷無所歸咎而歎皇天之不純其命不能福善禍淫相協民居使之當此和樂之時而遭
離散之苦也去故鄉而就遠兮遵江夏以流亡出國
門而軫懷兮甲之鼂吾以行鼂職夭反一作晁行叶户郎反○遵
循也江大江也夏水名或以爲自江而別以通于漢還復入江冬竭夏流故謂之夏而其入江
處今名夏口即詩所謂江有汜也軫痛也甲日也朝旦也原自言其以甲日朝旦而行也發
郢都而去閭兮怊荒忽其焉極楫亝揚以容與
兮哀見君而不再得一無都字一無怊字其一作之一無其字皆非是○
郢都在漢南郡江陵縣閭里門也亝楫同舉也容與徘徊也言故棹者亦不欲去知己之戀戀
於君也望長楸而太息兮涕淫淫其若霰過夏首

而西浮兮顧龍門而不見楸音秋太一作歎○楸梓也長楸所謂故
國之喬木使人顧望徘徊不忍去也淫淫流皃夏首夏水口也浮不進之而自流也龍門楚都
南關三門一名龍門一名脩門回望而不見都門則其悲愈甚矣心嬋媛而傷
懷兮眇不知其所蹠順風波而流從兮焉洋洋
而爲客其一作余一無其字蹠音隻叶音灼一作宅焉如字客叶康落反○嬋媛見
前篇眇猶遠也蹠踐也洋洋無所歸皃凌陽侯之氾濫兮忽翶翔
之焉薄心絓結而不解兮思蹇產而不釋氾孚梵反
焉於虔反薄音博絓音畫釋叶時若反○凌乘也陽侯陽國之侯溺死於水其神能爲大波氾
濫波皃薄止也絓懸也蹇產詰曲皃將運舟而下浮兮上洞庭而

下江去終古之所居兮今逍遥而來東江叶音工上時掌反下遐嫁反○終古亦兩見前篇羌靈魂之欲歸兮何須臾而忘反背夏浦而西思兮哀故都之日遠羌一作嗟○時未過夏浦也故背之而回首西鄉以思郢也登大墳以遠望兮聊以舒吾憂心哀州土之平樂兮悲江介之遺風樂音洛介一作界風叶孚金反○水中高者曰墳詩汝墳是也望望郢都也平樂地寬博而人富饒也介間也遺風謂故家遺俗之善也當陵陽之焉至兮淼南渡之焉如曾不知夏之為丘兮孰兩東門之可蕪淼音眇○陵陽未詳淼混漾無涯也於是始南渡大江矣夏大屋也丘荒墟也孰誰也兩東門郢都東關有二門也蕪穢也言楚王曾不知都邑宮殿之夏屋當為丘墟又不知兩東門亦先王所設以守國者豈可使之至於蕪廢耶懷王二十一年秦遂拔郢而楚徙陳不知在此後幾年也心不怡之長久兮憂與憂其相接惟郢路之遼遠兮江與夏之不可涉與憂一作與愁其一作之○怡樂也憂憂相接首尾如一繼續無已也忽若去不信兮至今九年而不復慘鬱鬱而不通兮蹇侘傺而含感一無去字或恐去字上下有脫誤感叶七六反○補注考原初被放在懷王十六年至十八年復召用之三十年秦約懷王與會原諫止之不從懷王遂死于秦頃襄王立復放屈原此云九年不復不知的在何時也外承歡之汋約兮諶荏弱而難持忠湛湛而願

進兮姤被離而鄣之汋音綽諶市林反荏音稔湛徒感反被音披一作披鄣音章○汋約好皃諶誠也荏亦弱也湛湛重厚皃被離衆盛皃鄣壅也言小人外爲諛說以奉君之歡適情態美好誠使人心意軟弱而不能自持是以懷忠而願進者皆爲所嫉妬而壅蔽不得進也此章形容邪佞之態最爲精切讀者宜深味之則知使人之所以殆又信此語與孔聖之言實相發明也

彼堯舜之抗行兮瞭杳杳其薄天

衆讒人之嫉妬兮被以不慈之僞名一無彼字行下孟反瞭音了一無瞭字而作杳冥冥薄音博天叶鐵因反○堯舜與賢而不與子故有不慈之名莊子云堯不慈舜不孝蓋戰國時流俗有此語也

憎慍惀之脩美兮好夫人之忼慨衆踥蹀而日進兮美超遠而逾邁慍紆粉反惀力允反好呼報反夫音扶忼苦朗反慨一作蘊苦蓋反踥思葉反蹀音牒○慍心所緼積也思求曉知謂之惀忼慨激昂之意補曰君子之慍惀若可鄙者小人之忼慨若可喜者唯明者能察之踥蹀行皃亦謂讒佞之人日進於前使人美而好之愈甚而無已也

亂曰

曼余目以流觀兮冀壹反之何時鳥飛反故鄉兮狐死必首丘信非吾罪而棄逐兮何日夜而忘之曼音萬首式救反丘叶音欺○曼遠意鳥飛反故鄉思舊巢也首丘謂以首枕丘而死不忘其所自生也禮曰大鳥獸喪其群匹越月踰時則必反巡過其故鄉又曰樂樂其所自生禮不忘其本古人有言曰狐死正丘首仁也忘謂忘其故都也

心鬱鬱之憂思兮獨永歎乎增傷思蹇產之不釋兮曼遭夜之方長一無心字悲秋風之動容兮何回極之浮浮數惟蓀之多怒兮傷余心之懮懮悲下一有夫字數所矩反蓀一作荃懮音憂○秋風動容謂秋風起而草木變色也回極浮浮未詳所謂或疑回極指天極回旋之樞軸浮浮言其運轉之速而不可常亦未知其是否也大氏此下諸篇用字立語多不可解甚者今皆闕之不敢強爲之說也數計也惟思也蓀說見騷經蓋寓意於君也懮愁也言計而思之君多妄怒刑罰不中使余心憂也願遙起而橫奔兮覽民尤以自鎮結微情以陳詞兮矯以遺夫美人鎮音珍遺去聲○尤過也鎮止也矯舉也覽民之尤而察其有罪之實庶以自止其憂則又愈見其怒之不當而可憂益甚故結情於詞以告君也美人已見騷經亦寄意於君也昔君與我成言兮曰黃昏以爲期羌中道而回畔兮反既有此它志成一作誠曰一作日志叶音之○成言黃昏說見騷經言君與己始親而後疏也憍吾以其美好兮覽余以其脩姱與余言而不信兮蓋爲余而造怒憍與驕同覽一作鑒姱叶音戶蓋一作盍爲去聲○憍矜也莊子曰虛憍而盛氣覽示也姱好也言君自多其能言又非實本無可怒但以惡我之故爲我作怒也願承閒而自察兮心震悼而不敢悲夷猶而冀進兮心怛傷之憺憺閒音閑怛當割反一作怕非是憺徒敢反○閒閒暇也莊子曰今日宴閒察明也怛悲慘

也憺憺安静意謂欲承君之間暇以自明而不敢然又不能自已故夷猶欲進而心復悲慘遂

静默而不敢言也觀此則知屈原事君惓惓之意蓋極深厚豈樂以婞直犯上而取名者哉

茲歷情以陳辭兮蓀詳聾而不聞固切人之不

媚兮衆果以我爲患茲歷一作歷茲詳音佯與佯同患音還叶胡門反○

歷猶列也詳詐也切人不媚言懇切之人不能軟媚君或未察而衆已病之蓋惡其傷己也

初吾所陳之耿著兮豈不至今其庸亡何獨樂

斯之蹇蹇兮願蓀美之可完耿古迥反一無不字非是樂音洛獨

樂王逸作毒藥而無斯字非是完叶胡光反一作光○耿明見庸何用也左傳曰晉其庸可冀

乎言昔吾所陳之言明白如此豈不至今猶可覆視而何用乃亡之耶然吾非獨樂爲此蹇蹇

而不樂爲順從也但以願君之德美猶可復全是以不得已而爲此耳所謂尚幸君之一寤者

如此其志切矣望三五以爲像兮指彭咸以爲儀夫何

極而不至兮故遠聞而難虧三五一作前聖聞音問○三五謂三

皇五帝或曰三王五伯也像謂肖古人之形而則其象也儀謂以彼人爲法而效其儀如儀禮

所說國君行禮而視祝爲節之類是也極至也至到也視彼像儀而必欲求到其極則遠聞而

難虧矣善不由外來兮名不可以虛作孰無施而

有報兮孰不實而有穫施始豉反實當作殖穫一作獲非是○此四語

言明白親切不煩解說雖前聖格言不過如此不可但以詞賦讀之也少歌曰與

美人之抽思兮并日夜而無正憍吾以其美好

兮敖朕辭而不聽少詩照反一作小一無之字并一作弃日下仍有憾字夜
下一無而字之字以下皆非是正叶音征敖與傲同一作謷聽平聲○少歌樂章音節之名荀
子佹詩亦有小歌即此類也抽拔也思意也并日夜言旦莫如一也無正無與平其是非也敖
倡視也倡曰有鳥自南兮來集漢北好姱佳麗兮
牉獨處此異域既惸獨而不羣兮又無良媒在
其側道卓遠而日忘兮願自申而不得望北山
而流涕兮臨流水而太息倡讀曰唱牉見借誦惸渠營反側叶莊力
反卓一作逴不一作未得叶徒力反北山一作南山流一作深○倡亦歌之音節所謂發歌句
者也鳥蓋自喻屈原生於夔峽而仕於鄢郢是自南而集於漢北也望孟夏之短
夜兮何晦明之若歲惟郢路之遼遠兮魂一夕
而九逝秋夜方長憂不能寐故望孟夏之短夜而冀其易曉也晦明若歲夜未短也一
夕九逝思之切也曾不知路之曲直兮南指月與列星
願徑逝而不得兮魂識路之營營一本南指至得兮十三字
在營營之下非是營營一作煢煢○言初不識路後以月星而知向背然欲去而又未得者以
魂雖識路而營營獨往無與俱也何靈魂之信直兮人之心不
與吾心同理弱而媒不通兮尚不知余之從容
言靈魂忠信而質直不知人心之異於我故雖得歸亦無與左右而道達之者彼又安能知我
之閒暇而不變所守乎亂曰長瀨湍流泝江潭兮狂顧南

行聊以娛心兮湍流亦作流湍潭叶音尋○瀨水淺處湍急流也逆流而上曰
泝潭深淵也狂顧憂懼而驚視也自江入湖自湖入湘皆泝流而南行也軫石崴嵬
蹇吾願兮超回志度行隱進兮崴音隈又烏皆反嵬吾回反又
音懷願叶魚斬反或如字進如字或音薦○軫石未詳超回隱進亦下可曉今并闕之低
佪夷猶宿北姑兮煩寃瞀容實沛徂兮瞀音茂○北姑
蓋地名瞀容瞀亂之意見於容貌也實沛徂誠欲沛然如水之[illegible]去也愁嘆苦神
靈遥思兮路遠處幽又無行媒兮媒叶莫悲反○靈靈魂也
道思作頌聊以自救兮憂心不遂斯言誰告兮
一無以字告叶居后反○道思者且行且思也故解也

抽思以篇內少歌首句二字爲名
滔滔孟夏兮草木莽莽傷懷永哀兮汨徂南土
滔他刀反史記作淘莽莫補反汨越筆反○滔滔水大皃莽莽茂盛皃汨行皃徂南土泝沅湘
也眴兮杳杳孔靜幽默鬱結紆軫兮離慜而長
鞠撫情效志兮寃屈而自抑眴與瞬同一音胡絢反兮字一在杳
杳下靜下一有兮字默史作墨鬱一作寃慜一作慜而史作之鞠叶各頷反一作藭寃屈而史
作俛詘以抑叶於革反○眴目數搖動之皃杳杳深冥之皃孔甚也默無聲也紆屈也軫痛也
離遭也慜痛也鞠窮也撫循也效猶覈也抑按也言撫情覈志無有過失則屈志自抑而不懼
也刓方以爲圜兮常度未替易初本迪兮君子

所鄙章畫志墨兮前圖未改刓吾官反一無初字迪史作由畫音
獲志史作職改叶音己○刓圜削也度法也替廢也言欲變心從俗而常法未廢不能遽變也
易初謂變易初心也本迪未詳章明也志念也墨謂繩墨言譬之工人章明所畫之繩墨而念
之不忘者亦以前人之法度未改故也內厚質正兮大人所晠巧
倕不斵兮孰察其揆正厚史作直正史作重晠史作盛倕音垂史作匠
斵一作列一作斵揆一作撥匠以下皆非是○所晠所盛美也倕書作垂性巧舜命以爲共工
斵斫也揆度也即上章所謂畫也玄文處幽兮矇瞍謂之不章
離婁微睇兮瞽以爲無明處幽史作幽處史無瞍字睇音第明叶音
芒○玄墨也幽冥也有眸子而無見曰矇無眸子曰瞍離婁古之明目者也睇眄之也瞽盲者
也變白以爲黑兮倒上以爲下鳳皇在笯兮雞
鶩翔舞白下以史作而下叶音戶笯音奴又女家反又音暮一作郊二字皆非是鶩音
木一作雉○笯籠落也同糅玉石兮一槩而相量夫惟黨
人之鄙固兮羌不知余之所臧糅女救反槩古代反鄙一作交
史無惟字固作妬余作吾無之字○槩平斗斛木也任重載盛兮陷滯而
不濟懷瑾握瑜兮窮不知所示重直用反瑾音僅瑜音逾知史
作得下仍有余字○盛多也陷沒也滯留也濟度也此言重車陷濘而不得度也在衣爲懷在
手爲握瑾瑜美玉也不知所示人皆不識無可示者也邑犬羣吠兮吠所
怪也非俊疑傑兮固庸態也犬下一有之字今从史非俊史作誹

駿傑史作桀一無二也字○非毀也知過千人謂之俊十人謂之傑庸廝賤之人也文質
疏內兮衆不知余之異采材朴委積兮莫知余
之所有疏史作踈內舊音訥又知字余史作吾異一作輿采叶此禮反朴史作樸積史
作質有叶于彼反○文質其文不艷也疏迂闊也內木訥也異采殊異之文采也材木中用者
也朴未斲之質也委積言其多有隹所用之而世莫之知也重仁襲義兮謹
厚以爲豐重華不可遻兮孰知余之從容重平聲下
重華同遻一作遌史作悟洪云當作遌五故反與迕同○襲亦重也豐猶富足也遻逢也從容
舉動自得之意古固有不並兮豈知其何故湯禹久遠
兮邈而不可慕史無何而字故慕下皆有也字○古有不並言聖賢不並時而
生也懲違改忿兮抑心而自強離慜而不遷兮願
志之有像違一作連強其兩反慜史作涽一作閔像史作象○違過也像法也強於
爲善而不以憂患改其節欲其志之可爲法也進路北次兮日昧昧其
將暮舒憂娛哀兮限之以大故舒史作舍娛作虞○言將北歸
郢都而日暮不得前也於是將欲舒憂以娛哀而念人生幾何死期將至其限有不可得而越
也亂曰浩浩沅湘分流汨兮脩路幽蔽道遠忽
兮史遂句有兮字自此至篇末並同分一作紛皆非是汨音骨水流聲又音鶻涌波也蔽史
作拂此下史有曾唫恒悲兮永歎慨兮世既莫吾知兮人心不可謂兮四句○浩浩廣大也汨
流皃脩長也懷質抱情獨無匹兮伯樂既没驥焉程

兮質史作情情史作質匹當作正字之誤也以韻叶之及以哀時命考之則可見矣沒史作歿驥下有將字○無正與并日夜無無正之正之意同伯樂善相馬者也程謂校量才力也民

生稟命各有所錯兮定心廣志余何畏懼兮民史作人稟史作有一作萬民之生○錯置也言民之生莫不稟命於天而隨其氣之短長厚薄以爲壽夭窮達之分固各有置之之所而不可易矣吉者不能使之凶凶者不能使之吉也是以君子之處患難必定其心而不使爲外物所動搖必廣其志而不使爲細故所狹隘則無所畏懼而能安於所遇矣

曾傷爰哀永歎喟兮世溷濁莫吾知人心不可謂兮曾音增史無曾字莫作不一無人心字或無人字或無人心而有念字一本無濁吾人心四字○按此四句若依史記移著上文懷質抱情之上而以下章死

不可讓願勿愛兮承余何畏懼之下文意尤通貫但史於此又再出恐是後人因校誤加也

知死不可讓願勿愛兮明告君子吾將以爲類兮愛叶於既反明下一有以字○補曰屈子以爲知死之不可讓則捨生而取義可也所惡有甚於死者豈復愛此七尺之軀哉類法也以此言爲法也

懷沙言懷抱沙石以自沈也

思美人兮擥涕而竚眙媒絕路阻兮言不可結而詒竚直呂反眙丑吏反媒一作路路一作媒絕下一有而道字一無下而字詒叶音異○美人說見上篇寄意於君也擥猶收也竚久立也眙直視也蹇蹇之煩冤兮陷滯而不發申旦以舒中情兮志沈菀而莫達

宛一作慌陷一作滔以一作不一無志字苑音
鬱莫一作不○承上路阻而言陷滯不發亦以
陷滯爲喻也申重也今日願寄言於浮雲兮遇
已暮明日復旦也菀積也
豐隆而不將因歸鳥而致辭兮羌迅高而難當
迅一作宿當一作寓皆非是○亦承上章陷滯
而言欲因雲致辭則雲師不聽欲因鳥致辭則
鳥飛速而又高高辛之靈晟兮遭玄鳥而致詒
難可當值也
欲變節以從俗兮媿易初而屈志晟一作盛一
作威詒志皆
叶平去二聲媿與愧同○玄鳥致詒事見天問
此因上章歸鳥難當而上感高辛之事下愧不
能易初而獨歷年而離愍兮羌馮心猶未化寧
屈志也
隱閔而壽考兮何變易之可爲馮與憑同化叶
音撝閔一作愍

易之一作初而○馮憤懣也隱閔壽考知前轍
優游卒歲也然終不能變易其初心也
之不遂兮未改此度車既覆而馬顛兮蹇獨懷
此異路轍一作道未一作末度下一有也字○
知直道之不可行而不能改其度雖至
於車傾馬仆而猶獨懷其所勤騏驥而更駕兮
由之道不肯同於衆人也
造父爲我操之遷逡次而勿驅兮聊假日以須
旹指嶓冢之西隈兮與纁黃以爲期更平聲造
七到反父
音甫爲去聲我一作余操七刀反之字爲韻逡
七旬反旹古時字嶓音波隈一作隅纁一作曛
並音熏○造父善御周穆王時人操之執轡也
遷擕進也逡次猶逡巡也嶓冢山名漢水所出
也見禹貢纁淺絳也日將入時色纁且黃也以
馬既顛故更駕駿馬使善御者操其轡逡巡而

不逮徃佰期至於荒賑絶遠之地以窮日之力而自休焉蓋知世路之不可由而欲遠去以俟命也開春發歲兮白日出之悠悠吾將蕩志而愉樂兮遵江夏以娛憂將一作且蕩一作盪擥大薄之芳茝兮搴長洲之宿莽惜吾不及古之人兮吾誰與玩此芳草擥一作攬茝一作芷莽莫古反惜一作然一無之字草叶七古反○不及謂生不及其同時也解萹薄與雜菜兮備以爲交佩佩繽紛以繚轉兮遂萎絶而離異吾且儃佪以娛憂兮觀南人之變態竊快在其中心兮揚厥憑而不竢芳與澤其雜糅兮羌芳華自中出萹音匾備一作

脩佩叶音備以一作其繚音了萎於危反儃佪一作徘徊態叶音替竊上一有吾字一無在字一無其字出叶尺遂反○萹萹蓄也似小梨赤莖節好生道旁薄叢也交佩左右佩也萹蓄雜菜皆非芳草故言解去二物而以上文之茝莽備爲交佩也繚繞也繽紛繚轉言佩之美然適佩之而遽已萎絶而離異矣於是且復優游忘憂以觀世變又樂其所得於中者以舒憤懣而無待於外則其芬芳自從中出初不借美於外物也紛郁郁其遠烝兮滿内而外揚情與質信可保兮羌居蔽而聞章烝一作承居一作重羌居一作居重聞去聲○郁郁盛也烝芳氣之遠聞也此承上章芳華自中出遂言其郁郁遠烝皆由情質誠實可保故所居雖蔽而其名聞則章也令薜荔以爲理兮憚擧趾而緣木因芙蓉以爲媒兮憚褰

竆而濡足以一作而因一作用褰起虔反○內美既足耻因介紹以爲先容而託以有憚也登高吾不說兮入下吾不能固朕形之不服兮然容與而狐疑說音悅能叶音泥○道既不行居上處下無適而可形假蹇而不服心耿介而使然也廣遂前畫兮未改此度也命則處幽吾將罷兮願及白日之未暮也獨煢煢而南行兮思彭咸之故也畫音獲一無則字罷讀作疲暮下一無也字○畫與懷沙章畫之畫同

思美人

惜往日之曾信兮受命詔以昭時奉先功以照下兮明法度之嫌疑時一作詩非是○時謂時之政治也言往日嘗見信於君而受命以昭明時之政治也先功謂先君之功烈也嫌疑謂事有同異而可疑者也國富強而法立兮屬貞臣而日娭祕密事之載心兮雖過失猶弗治屬音燭娭與嬉同一作娛非是祕一作移密一作察弗一作不治如字平聲○屬付也貞臣正固之臣原自謂也日娭所謂逸於得人也雖國所祕之密事皆載於其心是以或有過失猶寬而不治其罪也心純厖而不泄兮遭讒人而嫉之君含怒以待臣兮不清澂其然否厖莫江反泄音薛一作貫非是嫉之一作使嫉亦非是澂音澄一作瀓非是否叶音悲○厖厚也泄漏也謂不敢漏其密事也讒人謂上官大夫靳尚之徒也清澂猶審察也史記云懷王使

屈原造爲憲令屬草藁未定上官大夫見而欲奪之原不與因讒之曰王使屈平爲令衆莫不知每一令出平伐其功曰非我莫能爲也王怒而疏屈平即此事也

蔽晦君之聰明兮虛惑誤又以欺弗參驗以考實兮遠遷臣而弗思信讒諛之溷濁兮盛氣志而過之

虛惑誤一作惑虛言溷濁一作浮說賊古盛字○虛空言也惑誤疑而誤之也然猶畏之也至於欺則公肆誣罔而無所憚矣王逸曰專擅恩威握主權也欺罔戲弄若轉丸也此言得之矣過之猶所謂督過之也

何貞臣之無辠兮被讒謗而見尤慙光景之誠信兮身幽隱而備之

辠一作罪讒一作離尤叶于其反○無罪見尤慙見光景故竄身於幽隱然亦不敢不爲之備也

臨沅湘之玄淵兮遂自忍而沈流卒沒身而絕名兮惜廱君之不昭

沈一作沉遂一作不沒一作沈絕一作滅廱古壅字昭叶音周或云流周並叶之韻後三章放此○言沈流之後沒身絕名不足深惜但惜此讒人廱君之罪遂不昭著耳此原所以忍死而有言也其亦可悲也哉

君無度而弗察兮使芳草爲藪幽焉舒情而抽信兮恬死亡而不聊獨鄣廱而蔽隱兮使貞臣而無由

聊叶音留鄣音章廱見上貞一作忠而一作爲○無度弗察王逸曰上無檢柙以知下也記曰無節於內者其察物弗省矣此之謂也藪幽藪澤之幽暗也言芳草宜殖於階庭而今反使爲藪澤之幽暗也恬安也言安於死亡不苟生也無由無路可行也

聞百里之爲虜兮伊尹烹於庖廚

呂望屠於朝歌兮甯戚歌而飯牛不逢湯武與桓繆兮世孰云而知之厨叶音稠之叶音周○晉獻公虜虞君與其大夫百里傒以百里傒爲秦穆公夫人媵百里傒士走宛楚鄙人執之繆公聞其賢以五羖羊皮贖之釋其囚與語國事大說授以國政號曰五羖大夫伊呂甯戚事見騷經天問

吳信讒而弗味兮子胥死而後憂介子忠而立枯兮文君寤而追求封介山而爲之禁兮報大德之優游思久故之親身兮因縞素而哭之弗一作不山下一無而字縞音杲哭下之叶音周自沈流至此二十四句爲一韻○味譬之食物咀嚼而審其美惡也子胥事見涉江介子名推文君晉文公也文公爲公子時遭驪姬之譖而出奔介子推

從行道乏食子推割股肉以食文公文公得國賞從行者不及子推子推入綿上山中文公寤而求之子推不出文公因燒其山子推抱樹自燒而死文公遂封綿上之山號曰介山禁民樵採使奉子推祭祀以報其德又變服而哭之優游言其德之大也親身切於己身謂割股也縞素曰繳繒也

或忠信而死節兮或訑謾而不疑弗省察而按實兮聽讒人之虛辭芳與澤其雜糅兮孰申旦而別之訑一作施音移謾謨官反省息井反別彼列反一說自篇首至此爲一韻

何芳草之早殀兮微霜降而下戒諒聰不明而蔽壅兮使讒諛而日得殀一作夭於矯反戒叶居得反聰不一作不聰或疑無不字而明下而字當作之○得得志也

自前世之嫉賢兮

謂蕙若其不可佩妒佳冶之芬芳兮嫫母姣而自好雖有西施之美容兮讒妒入以自代佩叶音備

佳一作娃嫫音謨姣音絞好音耗叶虛既反代叶徒計反○若杜若也冶妖冶女態嫫母黃帝妻皃甚醜姣妖媚也西施越之美女勾踐得之以獻吳王

願陳情以白行兮得罪過之不意情冤見之日明兮如列宿之錯置

行下孟反冤一作宛宿音秀錯倉各反○白明也自明其行之無罪也不意出於意外也情冤情實與冤枉猶言曲直也列宿錯置言其光輝而明白也

乘騏驥而馳騁兮無轡銜而自載乘汜泭以下流兮無舟檝而自備背法度而心治兮辟與此其無異

騏驥按王逸解爲駑馬又詳下文恐當作駑駘載叶子賜反汜音汎泭音敷舟字疑當作維檝一作楫治一作殆非是辟與譬同一作譬○轡馬韁銜馬勒也載乘也汜泭編竹木以渡水者也既無騏驥而但乘駑馬又無轡銜與御者自爲乘載既無舟航而但乘汜泭又無維檝與舟人而自爲備禦其亦可謂危矣背法度而以私意自爲治者與此無以異也

寧溘死而流亡兮恐禍殃之有再不畢辭以赴淵兮惜廱君之不識

再叶子賜反識音志又音試自可佩至此十二句爲一韻○不死則恐邦其淪喪而辱爲臣僕故曰禍殃有再箕子之憂蓋如此也識記也設若不盡其辭而閔默以死則上官靳尚之徒廱君之罪誰當記之耶其爲後世君臣之戒可謂深切著明矣

惜往日

后皇嘉樹橘徠服兮受命不遷生南國兮徠古來字
服叶蒲北反國音域○后皇指楚王也嘉喜好也言楚王喜好草木之樹而橘生其土也漢書
江陵千樹橘楚地正產橘也受命不遷記所謂橘踰淮而北爲枳也舊說屈原自比志節如橘
不可移徙是也篇內意皆放此深固難徙更壹志兮綠葉素榮
紛其可喜兮榮一作華喜許志反一作嘉叶居例反○以其受命獨生南國故壹
志而難徙橘葉青華白紛然盛而可喜也曾枝剡棘圓果摶兮青黃
雜糅文章爛兮曾音層剡以冉反圓果一作圜實摶从手从專徒官反爛叶盧
干反○曾重累也剡利也果草木之實可食者也摶圜也與團同青未熟時黃已熟時也先後
雜糅文章爛然也精色內白類任道兮紛縕宜脩姱而

不醜兮道叶徒苟反一作可任非是紛音墳縕音氳○精色外色精明也內白內懷潔
白也外精內白似有道也紛縕盛皃嗟爾幼志有以異兮獨立不
遷豈不可喜兮喜見上○爾指橘而言幼志言自幼而已有此志蓋其本性然
也自此以下申前義以明己志深固難徙廓其無求兮蘇世獨
立橫而不流兮補曰凡與世遷徙者皆有求也吾之志舉世莫得而傾之者無
求於彼故也死而復生曰蘇閉心自慎終不過失兮秉德無
私參天地兮閉必結反俗作閉非是失叶音試一作失過一無失字皆非是或疑
過字亦衍文願歲并謝與長友兮淑離不淫梗其有
理兮友叶羊里反離下一有而字○并謝猶求謝也歲并謝而長與友則是終身友之矣

淑善也離如離立言孤特也梗強也年歲雖少可師長兮行比伯

夷置以爲像兮長上聲行去聲比音鼻像上聲○年歲雖少亦言其本性自少而然非積習勉強也伯夷孤竹君之長子也父欲立少子叔齊叔齊以讓伯夷伯夷又不肯受兄弟弃國俱去之周及武王伐紂伯夷叔齊扣馬而諫左右欲殺之太公曰不可引而去之遂不食周粟而餓死言橘之高潔可比伯夷宜立以爲像而効法之亦因以自託也

橘頌

悲回風之搖蕙兮心冤結而內傷物有微而隕

性兮聲有隱而先倡冤一作苑倡音昌○回風旋轉之風也亦上篇悲秋風動容之意言秋令已行微物凋隕風雖無形而實先爲之倡也世之治亂道之興發亦猶是

矣夫何彭咸之造思兮暨志介而不忘萬變其

情豈可蓋兮孰虛僞之可長暨其冀反蓋古太反其情豈一作情豈其○因回風之有實而搖蕙遂感彭咸之志雖萬變而不可易亦以其有其實也若涉虛僞則已不能久矣

鳥獸鳴以號羣兮草苴比而不芳魚葺

鱗以自別兮蛟龍隱其文章故荼薺不同畝兮

蘭茝幽而獨芳號音豪苴七古子閭子呂反葺反加五反比音鼻別彼列反荼音徒薺一作苦茝一作芷○苴枯草也葺整治也荼苦菜也薺甘菜也言秋冬向寒鳥獸鳴號以求羣類則草已枯矣雖比而合之亦不能有芬芳之氣魚整治其鱗以自別異則蛟龍亦隱其文章以避之皆言時勢之不同如回風既起則蕙不得不隕其性也蓋荼薺甘苦不能同生

（而蘭茝雖更幽僻而能自芳亦其情之不可蓋者而非有虛僞之飾也）惟佳人之永都兮更統世以自貺眇遠志之所及兮憐浮雲之相羊介眇志之所惑兮竊賦詩之所明（更平聲貺叶平聲羊一作佯惑一作感明叶音芒○佳人原自謂也都美也更歷也統世謂先世之垂統傳世也自貺謂己得續其官職也相羊浮游之皃因自言其志之高遠與浮雲齊而不能有合於世是以其志不能無惑而遂賦詩以明之也）惟佳人之獨懷兮折芳椒以自處曾歔欷之嗟嗟兮獨隱伏而思慮涕泣交而淒淒兮思不眠以至曙終長夜之曼曼兮掩此哀而不去（芳一作若曾音增伏一作居交下一有下字一有流字淒音妻曼莫半反）寤從容以周流兮聊逍遥以自恃傷太息之愍憐兮氣於邑而不可止（容下以字一作而恃叶上聲憐一作歎於音烏邑烏合反又並如字）糺思心以爲纕兮編愁苦以爲膺折若木以蔽光兮隨飄風之所仍（糺吉酉反纕音襄一作壤○糺戾也纕己見騷經編結也膺胷也謂絡胷者也光謂日光也仍因就之意言欲自晦而隨俗也）存髣髴而不見兮心踊躍其若湯撫珮衽以案志兮超惘惘而遂行（髣音拂又音沸踊躍一作沸怒案从木與按从手者同惘音罔行叶戶郎反○髣髴謂形似也蓋指君而言也衽裳際也）歲曶曶其若頹兮旹亦冉冉而將至蘋蘅槁而節

離兮芳已歇而不比曶音忽蘋一作蘋蘅一作蘗已一作以比音鼻○時
謂衰老之期也節離草枯則節處斷落也比合也憐思心之不可懲兮
證此言之不可聊寧溘死而流亡兮不忍此心
之常愁聊叶音留溘一作逝此心一作為此○聊賴也孤子唫而抆淚
兮放子出而不還孰能思而不隱兮昭彭咸之
所聞唫古吟字抆音吻一作收還叶胡昆反昭一作照○幼而無父曰孤放棄逐也隱痛
也昭明也登石巒以遠望兮路眇眇之默默入景響
之無應兮聞省想而不可得巒落官反景於境反葛洪始加彡為
影字響一作嚮古字借用省息井反○山小而銳曰巒省想聞見所不能接而但可省記思想
者也愁鬱鬱之無快兮居戚戚而不可解心鞿羈
而不開兮氣繚轉而自締之一作而快一作決一無可字解居隘反
叶居豈反開一作形繚音了締丈爾反又音啼○繚轉自締謂繚戾回轉而自相結也穆
眇眇之無垠兮莽芒芒之無儀聲有隱而相感
兮物有純而不可為儀匹也或曰儀猶像也言己之愁思浩然廣大幽深
不可為像也聲有隱而相感意其可以寤於君心也物有純而不可為則其心已一於彼而不
可變矣不可為如言疾不可為之意藐漫漫之不可量兮縹綿綿
之不可紆愁悄悄之常悲兮翩冥冥之不可娛
淩大波而流風兮託彭咸之所居邈一作藐漫一作蔓縹匹

妙反紆音迂悄親小反〇邈遠也縹微細也紆縈也翩疾飛也冥冥遠去也流猶隨也凌波隨風而從彭咸又自沈之意也

上高巖之峭岸兮處雌蜺之標顛據青冥而攄虹兮遂儵忽而捫天吸湛露之浮涼兮漱凝霜之雰雰依風穴以自息兮忽傾寤以嬋媛

峭一作陗並七笑反蜺五計反詳見騷經標從木匹小反攄敕居反儵音叔捫音門湛丁感反涼一作源非是漱縮又反雰音分叶孚袁反嬋媛一作儃佪非是〇峭峻也標杪也顛頂也攄舒也捫撫也湛厚也漱蕩口也雰雰雰雰分散皃風穴風從地出之處也傾寤傾側而覺寤也嬋媛已見前大率悲感流連之意也

馮崑崙以澉霧兮隱峧山以清江憚涌湍之礚礚兮聽波聲之洶洶

馮皮冰反澉一作瞰霧下一有露字隱於靳反礚古盍反洶音凶〇馮據也如馮軾之馮澉霧去其昏亂之氣也隱依也如隱几之隱清江去其濁穢之流也峧與岷同在蜀郡江水所出也礚礚水石聲洶洶風水聲

紛容容之無經兮罔芒芒之無紀軋洋洋之無從兮馳委移之焉止

委音逶一作逶移一作蛇焉於虔反止一作至〇容容紛亂之皃軋傾壓之皃言己心煩亂無復經紀欲進則無所從欲退則無所止也

漂翻翻其上下兮翼遙遙其左右氾潏潏其前後兮伴張弛之信期

漂音飄一作飄翻一作幡一作繙右叶羽己反潏音決伴與叛同弛音矢期叶上聲〇上三句亦皆言其反覆不定之意叛繚散之皃也言其憂心雖若不能自定而其張弛進退又自不失其時也

觀炎氣之相

仍兮窺煙液之所積悲霜雪之俱下兮聽潮水之相擊液音亦○炎氣火氣也相仍者相因而不已也煙液者火氣欝而爲煙煙所著又凝而爲液也潮海水以月加子午之時一日而再至者也朝曰潮夕曰汐借光景以往來兮施黃棘之枉策求介子之所存兮見伯夷之放迹黃棘棘刺也枉曲也以棘爲策既有芒刺而又不直則馬傷深而行速舊注以爲願借神光電景飛注往來施黃棘之刺以爲策以求子推伯夷之故迹是也心調度而弗去兮刻著志之無適曰吾怨往昔之所冀兮悼來者之悐悐弗一作不一無昔字悐它的反一作逖○調度見騷經悐悐憂懼皃言心乎二子之調度而不忍去刻爲二子之明志而無它適往昔所冀謂猶欲有爲於時來者悐悐謂將赴水而死也浮江淮而入海兮從子

胥而自適子胥望大河之洲渚兮悲申徒之抗迹事見前篇適便安也莊子曰申徒狄諫紂不聽負石自沈於河驟諫君而不聽兮任重石之何益心絓結而不解兮思蹇產而不釋君而一作而君石一作稆一作秙一本無末二句非是○任負也石或謂百二十斤也補引文選江賦注云任石即懷沙也其說爲近下二句說已見哀郢

悲回風

楚辭卷第四